25833

ODE

SUR LA FIÈVRE JAUNE

QUI RAVAGE L'ESPAGNE.

ON TROUVE A LA MÊME ADRESSE

les Ouvrages suivans du même auteur :

HISTOIRE DE JEANNE D'ARC, tirée de ses propres déclarations, consignées dans les grosses authentiques des procès-verbaux des interrogatoires qu'elle subit à Rouen ; des cent quarante-quatre dépositions des témoins oculaires entendus à l'époque de la révision de son procès ; des manuscrits de la Bibliothèque du Roi et de ceux de la Tour de Londres. Quatre forts vol. in-8° ornés de huit gravures. Prix : 25 fr.

L'ORLÉANIDE, poëme national en vingt-huit chants ; seconde édition, revue. Prix : 12 fr.

Sous presse :

ÉTUDES DE LITTÉRATURE ET DE MORALE, Recueil d'extraits en vers et en prose, destiné à la Jeunesse.

IMPRIMERIE DE DEMONVILLE, RUE CHRISTINE.

ODE

SUR LA FIÈVRE JAUNE

QUI RAVAGE L'ESPAGNE.

PAR

 DE CHARMETTES.

A PARIS,

Chez AUDIN, LIBRAIRE, QUAI DES AUGUSTINS, Nᵒ 25.

1821.

ODE

SUR LA FIÈVRE JAUNE

QUI RAVAGE L'ESPAGNE.

———————

Qui fait hurler d'effroi ces villes éperdues ?
Les yeux étincelans, les ailes étendues,
Où court, le glaive en main, l'Ange exterminateur?
Envoyé du Très-Haut au jour de sa colère,
  Il va frapper l'Ibère
  D'un fer expiateur.

Des profondeurs du Ciel, celui dont l'œil embrasse
Et les soleils sans nombre entraînés dans l'espace,
Et le chétif insecte invisible à nos yeux,
A vu l'antique Espagne, à ses sermens parjure,
  Boire à la coupe impure
  De l'ennemi des Cieux.

« De Pélage et du Cid l'héroïque patrie
Viole ma loi sainte; et son idolâtrie
Rend à Démogorgon (1) des honneurs solennels.
Chassé des champs français, qu'ensanglanta sa rage,
  Ce monstre, aux bords du Tage
  A trouvé des autels.

» A mes antiques lois les Pontifes fidèles,
Persécutés, proscrits, de ces rives cruelles
Vers la terre des Lis ont fui pleins de terreur :
Mes temples sont déserts, et la tribune sainte
     Garde, en proie à la crainte,
     Un silence d'horreur.

» Ils ont dans leur monarque outragé mon image :
A grands cris, sur son trône, objet d'un long hommage,
Un peuple furieux ose porter ses mains ;
Et de la Royauté, honteusement trahie,
     La puissance envahie
     Passe aux plus vils humains.

» Mais le Seigneur a dit : J'en jure par moi-même!
Je vengerai des Rois la majesté suprême ;
Je couvrirai ces bords d'épouvante et de deuil :
Et la Guerre civile, et la Peste (2) homicide,
     De ce peuple perfide
     Humilieront l'orgueil.

» Ange terrible, pars ! » Dieu dit : l'Ange s'élance,
Impassible et sévère, il approche en silence,
Et de la Catalogne il a touché les bords.
Des murs de Barcelonne un cri d'effroi s'élève :
     Un invisible glaive
     Y sème mille morts.

De l'art aimé du Ciel qui dispute à la tombe,
Et rend à ses amis le mortel qui succombe,
Tous les secrets sont vains, tous les soins impuissans :
Quiconque est frappé, meurt; et l'air qu'il évapore
   Autour de lui dévore
   Ses amis gémissans.

Aux lèvres d'un mourant, le prêtre qui présente
La manne qu'imploroit sa voix agonisante,
Tombe, et, frappé de mort, le précède au cercueil (3).
D'Hippocrate fuyoit le disciple livide :
   La Mort s'élance, avide,
   Et l'étend sur le seuil.

Ailleurs, un jeune amant, dans un affreux délire,
S'approche de la couche où sa maîtresse expire,
Sur son sein déchiré la presse avec transport,
Enivre ses baisers du souffle qu'elle exhale,
   Et sur sa bouche pâle
   Puise à longs traits la mort.

Une mère, tremblant pour l'enfant qu'elle allaite,
Avec un cri d'effroi de son sein le rejette;
Elle a senti la mort dans ses veines courir :
Elle fuit, égarée, et, détournant la vue,
   Du poison qui la tue
   Loin de lui va mourir.

Sous son toit renfermée, une autre se soulève,
Gémit, retombe et meurt. Deux fois le jour s'achève,
Aux cris de son enfant, on ouvre, on entre enfin :
O spectacle d'horreur ! l'enfant couché près d'elle,
    Epuisa sa mamelle,
    Et dévore son sein (4).

Les cercueils aux cercueils succèdent à toute heure,
Et des morts étonnés assiègent la demeure.
L'airain sacré se tait, et l'Eglise est sans voix.
Bientôt l'espace manque au fossoyeur livide,
    Et l'indigence avide
    Aux funèbres convois (5).

Des esprits consternés le délire s'empare;
Le désespoir aveugle et la peur rend barbare :
Le père craint du fils le souffle empoisonné;
L'épouse sur l'époux jette un regard farouche;
    Le vieillard sur sa couche
    Expire abandonné.

Sûr que pour les humains ces lieux n'ont point d'asile,
Tout un peuple éperdu de ses remparts s'exile,
Et veut fuir, mais trop tard, l'implacable fléau.
O douleur ! à ses yeux faisant briller leurs armes,
    Cent bataillons en larmes
    Le chassent au tombeau (6).

Oh! qui peindra le frère armé contre le frère ;
D'un homicide acier le fils frappant son père ;
Au glaive de l'époux l'épouse offrant son sein ;
Son enfant dans ses bras, la mère échevelée
      Bravant la balle ailée
      Et le fer assassin ?

Barbares par devoir, ceux-là sont inflexibles ;
Par crainte audacieux, par désespoir terribles,
Du mousquet menaçant ceux-ci cherchent les coups ;
D'autres, voyant partout la mort inévitable,
      D'une voix lamentable
      L'implorent à genoux.

Elle accourt. L'éclair luit, l'airain tonne, la foudre
Frappe ces supplians prosternés dans la poudre.
Ils rentrent tout sanglans dans leurs murs enflammés.
La Famine y descend, et dispute à la Peste
      Le déplorable reste
      De leurs rangs décimés.

Tout ordre cesse alors ; dans cette immense ville
Plus de chefs, plus de lois ; et la Guerre civile
Vient joindre à tant de maux les horreurs de l'Enfer.
Pour conquérir du pain, cent hordes dévorantes
      Arment leurs mains mourantes
      De la flamme et du fer (7).

Cependant, de ces murs en secret échappée,
La Peste prend son vol, et Malaga frappée,
Couvre d'un voile noir son front déjà flétri.
Majorque au sein des mers pousse une horrible plainte;
　　Et Séville est atteinte;
　　Et Tortose a péri.

De ces grands châtimens l'agile Renommée
Sème d'affreux récits dans l'Europe alarmée:
Avec elle en tous lieux voyage la Terreur.
O France! tu parus à tes ennemis même,
　　Digne du rang suprême
　　En ce moment d'horreur.

De la terre des Lis quels mortels intrépides
Vers ces champs empestés portent leurs pas rapides?
C'est vous, d'un art sacré ministres généreux (8),
Vous qui, bravant la Mort, actives sentinelles,
　　Des ombres éternelles
　　Bornez l'empire affreux.

Dédaignant les lauriers d'une vertu vulgaire,
Ils vont chercher le monstre et lui faire la guerre,
Aux lieux où sa fureur triomphe en liberté:
O noble ambition! dévouement magnanime,
　　Que soutient et qu'anime
　　La tendre Humanité!

Plein d'une noble ardeur, Bally marche à leur tête.
Conseils, prières, pleurs, dangers, rien ne l'arrête (9):
Dans son ame sublime un doux espoir a lui.
Il court..... Avec respect, des hautes Pyrénées
      Les cimes étonnées
      S'abaissent devant lui.

De ces nobles Français l'arrivée imprévue
Semble un prodige heureux. Barcelonne à leur vue
S'écrie ; un peuple en deuil se traîne à leurs genoux.
L'Espérance a soumis la Discorde muette,
      Et la Mort inquiète
      A suspendu ses coups.

Hommes vraiment héros! vous à qui d'âge en âge
L'humanité doit rendre un immortel hommage,
Oh! puissiez-vous vous-même échapper au trépas!
Puissiez-vous l'écarter de ces vierges modestes (10)
      Qui, dans ces murs funestes,
      Devancèrent vos pas!

Salut, filles du Ciel aux malheureux si chères,
Des maux de l'indigent servantes volontaires,
De tout infortuné chastes et tendres sœurs,
Qui partout prodiguez dans cette horrible enceinte
      D'une charité sainte
      Les soins pleins de douceurs!

Le rosaire à la main, loin de votre patrie,
Elle vous fit chercher dans la triste Ibérie
Des cœurs à consoler, des maux à secourir.
Abandonnés d'amis, de parens et de frères,
    Les mourans solitaires
    Vous virent accourir.

Oh! quelle douce aurore éclaira leurs ténèbres,
Quand ces infortunés, près de leurs lits funèbres,
Aperçurent du Ciel ces envoyés nouveaux!
Après un long silence, oh! quel bonheur d'entendre
    Une voix douce et tendre
    Interroger nos maux!

Toi qui, l'arc à la main, planes sur ces enceintes,
O Mort! oseras-tu frapper ces vierges saintes?
Ne verront-elles plus leur asile pieux,
Leur autel protecteur, leurs fidèles compagnes,
    Et les humbles campagnes
    Où dorment leurs aïeux?

Que dis-je? En vain tes traits étendroient dans la poudre
Ces fronts qui tant de fois détournèrent la foudre,
Toute prête à frapper un peuple criminel :
Ne crois pas leur ravir l'espérance chérie
    De revoir leur patrie ;
    Leur patrie est au Ciel.

Mais le monstre, bravé par leurs efforts sublimes,
Semble, en frappant d'abord de moins saintes victimes,
A ce dernier forfait chercher à s'enhardir.
Tremblez, ô vous dont l'art veut borner ses conquêtes !
      Aux dépens de vos têtes
      Il court les agrandir.

Son arc au loin résonne et dans l'air étincelle.
Tous se sentent frappés (11). Mazet pâlit, chancelle,
Et vers son lit de mort se traîne en soupirant (12).
De son dernier soleil, errans sur sa fenêtre,
      Les feux vont disparoître
      A son regard mourant.

« O champs délicieux de ma douce patrie !
Amis chers à mon cœur ! mère tendre et chérie !
C'en est donc fait, dit-il, je ne vous verrai plus !
Mes veilles, mes travaux sont perdus pour ma mère !
      A la douleur amère
      Ses jours sont dévolus.

» A la fleur de ma vie, il faut donc que je meure !
Adieu, ma mère, adieu !... Peut-être qu'à cette heure
Tu contemples ce Ciel qui peut me secourir;
Tu demandes pour moi son appui tutélaire.....
      Et l'astre qui t'éclaire
      Me regarde mourir ! »

Le soleil disparoît ; l'infortuné retombe....
Attendris tes accens, ô lyre, sur la tombe
De ce jeune martyr d'un dévouement si beau !
Que la Patrie en deuil de ses larmes l'arrose !
      Qu'une immortelle rose
      Parfume ce tombeau !

Non, non, jeune héros, ta mère infortunée
Ne demeurera point au deuil abandonnée,
Et, sans secours, livrée à des ennuis profonds :
J'en atteste les vœux de la reconnoissance,
      Les larmes de la France,
      Et le cœur des Bourbons (13).

Mais tu n'es pas le seul qui demande nos larmes :
Peut-être en ce moment, ô trop justes alarmes !
Jouarry va te suivre atteint des mêmes coups (14).
O Dieu ! que de l'Ibère ont irrité les crimes,
      Puissent tant de victimes
      Assouvir ton courroux !

Mais non ; le crime dure, et ta colère encore.
Ce peuple aveugle et sourd, que ta fureur dévore,
Persiste dans la voie où s'égarent ses pas.
Il menace son Prince, et son fougueux délire....
      O ma fidèle lyre,
      Pleure, et n'achève pas !

N O T E S.

(1) Démon de l'anarchie. Voyez l'*Orléanide*, chant II.

(2) *La Peste* n'est pas le mot propre; mais ceux de *Fièvre jaune* ne peuvent entrer dans le style élevé, et la poésie est en possession du droit d'employer, en pareil cas, des expressions équivalentes. Toute contagion, au reste, étoit la peste aux yeux des peuples anciens, et la fièvre jaune pourroit très-bien s'appeler la peste d'Amérique.

(3) Ce fait n'est point une invention.

(4) Tous les journaux ont fait mention de ce fait épouvantable.

(5) On a bientôt été réduit à consumer les cadavres dans la chaux vive.

(6) Cordon militaire établi autour de Barcelonne. Il y a eu en effet des engagemens meurtriers entre ce cordon et la population de cette malheureuse ville.

(7) L'anarchie qui a régné un moment dans Barcelonne, est un fait consigné dans toutes les relations.

(8) MM. les docteurs Bally, Mazet, François et Pariset. M. le docteur Audouart est venu depuis se réunir à ces courageux médecins, et n'a pas déployé moins d'intrépidité et de zèle. Un jeune chirurgien de Perpignan, nommé Jouarry, a montré le même dévouement.

(9) Sa famille s'étoit en vain jetée à ses pieds, pour qu'il renonçât à son dessein.

(10) Les sœurs gardes-malades de l'Ordre de Saint-Camille.

(11) Tous les médecins français ont éprouvé plus ou moins gravement les effets de la contagion.

(12) En partant de France, M. Mazet avoit eu le pressentiment de sa mort, et avoit exprimé les plus tendres craintes sur le sort de sa mère.

(13) Depuis que ces vers sont écrits, les journaux ont fait connoître que S. A. R. Monsieur a daigné envoyer un secours provisoire de 2,000 fr. à madame Mazet. La lettre de M. le duc de Fitz-James, qui annonce ce bienfait à M. le préfet de l'Isère, se termine ainsi : « Vous pouvez assurer cette malheureuse mère que le dévouement héroïque de son fils lui a acquis un droit éternel à la protection de Monsieur. »

(14) M. Jouarry, atteint de la contagion, était mourant à la date du 13 novembre.

www.ingramcontent.com/pod-product-compliance
Lightning Source LLC
Chambersburg PA
CBHW061744180626
46818CB00006B/2748